Para todas as pessoas a quem Anne inspira
—K.G.
Para Irmã Madeleine Marie
—A.H.

Com eterna gratidão a L.M. Montgomery por criar
a história clássica que foi a inspiração para este livro.

Dados Internacionais de Catalogação na Publicação (CIP) de acordo com ISBD

G447c   George, Kallie
        A chegada de Anne / Kallie George ; traduzido por Patrícia Chaves ; ilustrado
        por Abigail Halpin. - Jandira, SP : Ciranda Cultural, 2021.
        64 p. : il. ; 15,5cm x 22,6cm.

        Tradução de: Anne arrives
        ISBN: 978-65-5500-544-8

1. Literatura infantojuvenil. 2. Adoção. 3. Família. I. Chaves, Patrícia. II. Halpin, Abigail. II. Título.

CDD 028.5
CDU 82-93

2020-2728

Elaborado por Odilio Hilario Moreira Junior - CRB-8/9949
Índice para catálogo sistemático:
1. Literatura infantojuvenil 028.5
2. Literatura infantojuvenil 82-93

Título original: *Anne arrives*
Publicado pela primeira vez no Canadá em 2018.
Publicação feita em acordo com a Tundra Books, uma divisão
da Penguin Random House Canada Limited.
Texto © 2018 Kallie George
Ilustração de capa © 2018 Abigail Halpin
Design de capa © Abigail Halpin & Jennifer Griffiths

© 2021 desta edição:
Ciranda Cultural Editora e Distribuidora Ltda.

Tradução: Patrícia Chaves
Revisão: Ana Paula de Deus Uchoa
Diagramação: Ana Dóbon
Produção: Ciranda Cultural

1ª Edição em 2021
www.cirandacultural.com.br
Todos os direitos reservados.

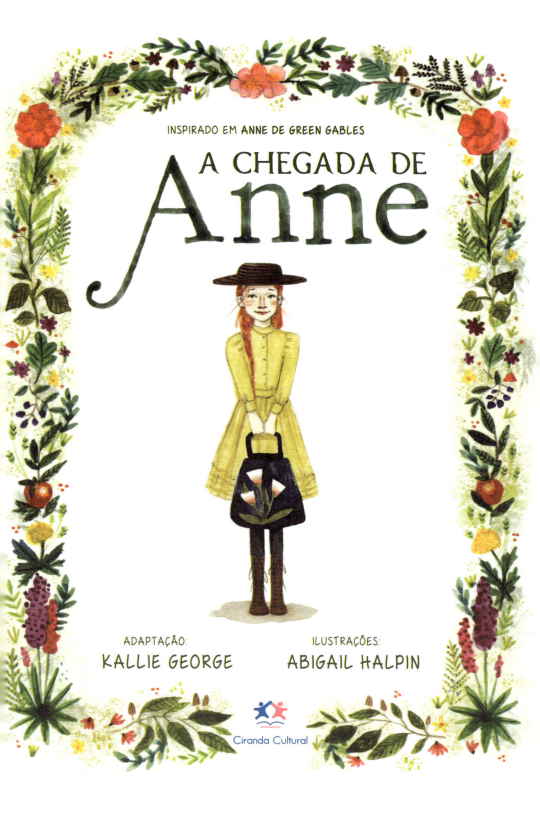

CAPÍTULO 1

Numa tarde ensolarada, a sra. Rachel Lynde estava olhando pela janela. Para sua surpresa, ela viu Matthew Cuthbert! Ele estava passando em sua charrete.

Matthew e sua irmã, Marilla, moravam em uma fazenda chamada Green Gables, vizinha à propriedade da sra. Lynde.

"Aonde Matthew vai a uma hora destas?", pensou Rachel. "E por que ele está usando seu melhor terno?"

A sra. Lynde sempre sabia de tudo o que acontecia na cidadezinha de Avonlea. Mas daquilo ela não sabia.

"Preciso visitar Marilla e descobrir aonde Matthew foi", decidiu ela.

Em Green Gables, Marilla estava ocupada, tricotando.

— Nós decidimos adotar um menino órfão — explicou ela à amiga.
— Precisamos de ajuda na fazenda.

A sra. Lynde ficou surpresa de verdade.

— Um órfão? Mas, Marilla...

— O menino vai chegar hoje, no trem da tarde — acrescentou Marilla.

Rachel mostrou que não aprovava.

— Escreva o que digo, isso é um erro — disse ela.

CAPÍTULO 2

Quando Matthew chegou à estação
de trem, ele não viu um menino, mas,
sim, uma menina.

Sob o velho chapéu que ela usava,
havia duas tranças ruivas.
A menina tinha o rosto fino, com sardas
e olhos grandes. Estava segurando
uma bolsa feita de tapete usado.

Matthew ficou sem jeito. Não sabia o que fazer.

A menina perguntou:

— Você é Matthew Cuthbert, de Green Gables?

Ela estendeu a mão, e Matthew a apertou.

— Estou muito contente de ver você — disse
a menina. Sua voz era doce e clara. — Se você
não viesse, eu ia dormir naquela cerejeira.
Seria fascinante dormir em uma árvore.
Pode imaginar? Mas prefiro ir para
Green Gables.

O que Matthew poderia responder a isso?

— Vamos — disse ele.

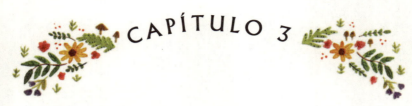

CAPÍTULO 3

Durante todo o trajeto para casa,
a menina não parava de falar.

– Há tão poucas oportunidades
para a imaginação em um orfanato!
Mas aqui... Ah! – Ela prendia
a respiração com tudo o que via
e inventava nomes para todos os lugares
por onde os dois passavam.

Ela chamou a avenida de *Caminho
Branco da Alegria*. Chamou a lagoa
de *Lago das Águas Brilhantes*.
O único nome que ela não mencionou
foi o dela mesma.

Matthew estava tímido demais
para perguntar.

— Sinto-me quase perfeitamente feliz — disse a menina. — Mas não posso ser perfeitamente feliz porque… bem… — Ela levantou uma trança. — Que cor é esta?

— Avermelhada — respondeu Matthew.

— Sim. Posso imaginar qualquer coisa, só não consigo imaginar minha cabeça sem este cabelo ruivo. É uma das tristezas da minha vida. — Ela deu um grande suspiro e depois acrescentou: — Estou falando demais? Posso parar, se fizer um esforço.

— Eu não me importo — disse ele.

Matthew já estava gostando daquela garotinha estranha.

Mas ela era uma menina, não um menino.

Marilla não ficaria feliz.

CAPÍTULO 4

Matthew estava certo.

— Onde está o menino? — perguntou Marilla.

Ela olhou para a menina. — Que história
é essa?

— Você não me quer? — A menina
começou a chorar. — Ah, essa é a coisa
mais trágica que já me aconteceu!

Marilla suspirou.

— Seque suas lágrimas, criança.
Não vamos mandar você embora esta noite.
Como se chama?

— Anne Shirley. Anne com "e".

— Que diferença faz?

— Ah, muita diferença — disse Anne. — Anne
com "e" é muito mais bonito.

Marilla suspirou novamente.

— Muito bem, então, *Anne com* "*e*",
é hora do jantar.

Mas Anne não conseguia comer.

Ela teria que voltar para o orfanato.
Assim que pusera os olhos em Green
Gables, ela sentira que estava em casa.
Agora não estaria mais. Ela estava nas
profundezas do desespero.

Naquela noite, ela chorou até pegar
no sono. Nem mesmo a linda cerejeira
do lado de fora de sua janela a fez
sentir-se melhor.

CAPÍTULO 5

Na manhã seguinte, a luz do sol
entrou alegremente pela janela.

Os galhos da cerejeira batiam no
vidro da janela, como se dissessem
"bom dia!". O Lago das Águas
Brilhantes cintilava ao longe.

Anne sentiu-se melhor.

— Está uma manhã tão linda! — disse ela,
sentada à mesa para o café da manhã. — Mas
eu gosto de manhãs chuvosas também.
Todas as manhãs são interessantes, não são?
A gente nunca sabe o que pode acontecer.

Matthew sorriu.

Marilla murmurou:

— Ora, eu lhe direi o que vai acontecer.
Vou devolvê-la à sra. Spencer.
Ela levará você de volta para o orfanato.

A sra. Spencer, que trabalhava no orfanato,
havia trazido Anne no trem.

Pela primeira vez, Anne não sabia
o que dizer.

Depois do café da manhã, Marilla e Anne foram para a casa da sra. Spencer.

No caminho, Anne tentava se animar. Mas foi difícil. Especialmente quando elas chegaram.

— Ah, eu sinto muito, mesmo — disse a sra. Spencer, quando Marilla explicou sobre o engano. — Mas estamos com sorte... Anne não precisa voltar para o orfanato. A sra. Blewett está aqui, procurando uma menina para tomar conta dos filhos dela.

— Hum — murmurou a sra. Blewett, olhando para Anne. — Você é magrinha, mas parece forte. Espero que você ganhe o seu sustento.

A malvada sra. Blewett queria que Anne fosse trabalhar para ela!

Marilla pensou um pouco.

— Bem, eu não sei — disse ela, devagar.

Marilla era severa, mas também era muito bondosa.

— Acho que vamos ficar com ela, afinal — disse Marilla para a sra. Spencer.

— Você falou mesmo aquilo? — perguntou
Anne, enquanto ela e Marilla caminhavam
de volta para casa. — Ou eu imaginei?

— Se você quer ficar aqui, vai precisar se
comportar, Anne — disse Marilla. — E tentar
controlar sua imaginação.

— Vou me esforçar muito para ser
boazinha — respondeu Anne. — Não
será fácil, mas farei o possível.

CAPÍTULO 6

Anne fazia todas as suas tarefas, do jeito
que Marilla queria. No tempo livre,
ela brincava e inventava nomes. Anne
deu à cerejeira do lado de fora de sua janela
o nome de Rainha da Neve, e a flor no peitoril
da janela ela chamou de Bonny.

— Eu não entendo por que dar às coisas nomes
que não pertencem a elas – disse Marilla.

— Mas você nunca imagina as coisas de um jeito
diferente do que elas são? – perguntou Anne.

— Não – respondeu Marilla.

— Ah, Marilla... Quanta coisa você
perde! – exclamou Anne.

Mesmo assim, tudo estava indo bem.
Até que os modos de Anne foram
postos à prova.

A sra. Lynde foi ao encontro de Anne.
Ela balançou a cabeça em reprovação.

– Que erro! Eu não disse?
Ela é terrivelmente magra, Marilla.
Olhe para aquelas sardas.
E o cabelo... da cor de cenouras!

O rosto de Anne ficou tão vermelho
quanto seu cabelo.

– Oh! Como se atreve...? A senhora
é uma mulher rude, sem sentimentos!

A sra. Lynde arregalou os olhos.

Anne bateu o pé no chão.

Os olhos de Rachel se arregalaram
mais ainda.

– Anne Shirley! – exclamou Marilla. – Vá
para o seu quarto imediatamente!

CAPÍTULO 7

Anne estava deitada em sua cama,
chorando.

Marilla subiu até lá.

— Você precisa pedir desculpas — disse ela.

— Eu nunca pedirei desculpas! — respondeu
Anne, chorando.

— Vai ficar no seu quarto até pedir desculpas
— falou Marilla, zangada. — Você disse que
iria se comportar, mas não se comportou.

Anne ficou no quarto a noite inteira,
e todo o dia seguinte também.

À noite, Matthew subiu as escadas
devagar e com cuidado.

— O jantar estava terrivelmente silencioso
sem você — disse ele. — Será que você
pediria desculpas, por mim?
Eu sempre quis que você ficasse aqui.

Anne fungou.

— Você quer mesmo que eu fique?
Ninguém nunca me quis antes.

Matthew fez que sim com a cabeça.

Anne respirou fundo.

— Por você, Matthew, vou pedir desculpas.

— Só não conte nada para Marilla
— acrescentou Matthew.

— Nem cavalos selvagens arrancarão
de mim esse segredo — disse Anne.

 # CAPÍTULO 8

No dia seguinte, Anne foi com Marilla até a casa da sra. Lynde.

Anne estava pensativa.

Ela imaginava o melhor pedido de desculpas possível.

Quando elas chegaram, Anne caiu de joelhos.

— Ah, querida sra. Lynde, jamais poderei
expressar como estou arrependida! Nem
mesmo se eu usar um dicionário inteiro.
Sra. Lynde, por favor, por favor, por favor,
me perdoe. Se a senhora não me perdoar,
será mais uma das grandes tristezas
da minha vida!

Anne uniu as mãos, em prece.

— Acalme-se, criança. Levante-se. É claro que eu perdoo você. Eu também me arrependo. Sempre digo o que penso — falou a sra. Lynde, com sinceridade.

"Eu também", pensou Anne.

A sra. Lynde acrescentou:

— E o seu cabelo vai ter um lindo tom de ruivo quando você crescer.

— Ah, sra. Lynde! — exclamou Anne.
— A senhora me deu esperança.

Rachel sorriu e disse:

— De verdade, Marilla, eu gosto dela.

Marilla também gostava.
Anne sorriu.

— Que bom, porque ela vai ficar conosco
em Green Gables. Vamos, Anne.
É hora de ir para casa.

Os olhos de Anne brilharam.

Marilla e Anne voltaram para Green Gables.
Anne segurou a mão de Marilla.

— Ah, como é maravilhoso ir para casa
e saber que é a nossa casa! Green Gables
é o lugar mais querido e encantador
do mundo. Eu já o amo muito!

Até onde podia se lembrar, ela havia
sido *Anne de nenhum lugar em especial*.
Era um milhão de vezes melhor ser
Anne de Green Gables.